붓으로 마음을 세우다

황금알 시인선 34

붓으로 마음을 세우다

초판인쇄일 | 2010년 04월 17일
초판발행일 | 2010년 04월 30일

지은이 | 전용직
펴낸곳 | 도서출판 황금알
펴낸이 | 金永馥
선정위원 | 마종기 · 유안진 · 이수익
주 간 | 김영탁
편집실장 | 조경숙
표지디자인 | 칼라박스
주 소 | 110-510 서울시 종로구 동숭동 201-14 청기와빌라2차 104호
물류센타(직송 · 반품) | 100-272 서울시 중구 필동2가 124-6 1F
전 화 | 02)2275-9171
팩 스 | 02)2275-9172
이메일 | tibet21@hanmail.net
홈페이지 | http://goldegg21.com
출판등록 | 2003년 03월 26일(제300-2003-230호)

ⓒ2010 전용직 & Gold Egg Publishing Company Printed in Korea

값 8,000원

ISBN 978-89-91601-81-9-03810

*이 책 내용의 전부 또는 일부를 재사용하려면 반드시 저작권자와 황금알
 양측의 서면 동의를 받아야 합니다.
*잘못된 책은 바꾸어 드립니다.
*저자와 협의하여 인지를 붙이지 않습니다.
*이 책은 전라북도문예진흥기금을 일부 지원받았습니다.

붓으로 마음을 세우다

전용직 시집

황금알

| 시인의 말 |

내 작은 섬에 갇혀
홀로 살았다

가끔씩 문풍지로 들리는
세상의 파도소리

그 바닷가에서
종이배 하나를 띄운다

종이배 그대 가슴에 닿아
편지가 되었으면 좋겠다

2010년 새봄
설우재 창가에서 전용직

차 례

1부

3부

4부

1부

추간판탑*

일어서려다 찌릇
허리가 아픔을 토한다
바빠만 가는 일상
일어서지 못하고
옆으로 살금살금 기어간다

몸을 떠받치던 기둥이
비틀거린다

요근腰筋 복근腹筋으로 덕 쌓으면
튼튼하고 아름다운
다보탑 석가탑 될까

척추가 서는 일은
석가탑 다보탑 닮아가는
일상을 곧게 세우는 것 아닐까

* 추간판탑 : 저자가 지은 말로 척추를 연결하는 연골이 탑을 이루는 것

청룡열차

청룡열차가 달린다
불 먹은 듯 종횡무진
엿가락같이 휜 레일이
엿장수 맘대로 살아온 내 삶처럼 어지럽다
반환점을 돌아온 중년의 길목
돌고 도는 인생길에서
나는 유턴할 수 없는 청룡열차다

중간 정거장 없는 가파른 여정에서
힘겹게 눈 맞추던 옥잠화 흰 꽃
꽃대궁만 남았다
머뭇머뭇 망설였던 탑승
간이역에서 멈춰 멋진 춤 한번 출 수 없을까

공포와 스릴을 양 축으로
시간을 물고 달리는 불화살
청룡열차는 종점만 있다

붓으로 마음을 세우다

붓을 꼿꼿이 들어
글씨를 썼다
마음을 세우라던 글씨공부

쟁기를 이겨야만 밭갈이 할 수 있다던
아버지 말씀 따라
꼿꼿이 세워보지만
보습이 얕아 밭갈이 서툰지
내 글씨는 비틀거린다

해질녘
귀갓길 소처럼
워낭소리 요란한데
붓의 주인 되지 못한 나는
낡은 쇠줄 붙잡혀
끌려가는 어설픈 서생書生이다

벌초

선산 벌초를 하다가
말벌집을 건드리고 말았다
발길이 멎은 사이
주인된 말벌들
나를 꾸짖듯
정수리에 일침을 가한다
몸이 부어올라
해독제 링거를 맞았다
제 족속의 안녕을 위해
하나뿐인 침을 쏘고 죽어버리는 말벌에게
무슨 원망을 할 수 있을까, 나는
추석 맞은 보름달처럼
상처는 부끄럼으로
점점 더 부어올랐다
어머니 아버지의 무덤을 지킨
말벌의 죽음이
내내 나를 아프게 했다

고봉밥

아버지 돌아가신 길 찾아
어머니도 가셨다

성작산 밑 양지바른 언덕 위
퍼내어도 줄지 않는
고봉밥 두 그릇 차려져 있다

채소 팔던 봉동 장터목
발바닥 물꽃 피도록 오갔던 세월
재고 달아 시퍼렇게 물든 무게를 팔고는
구겨진 지폐 허리춤에 쌓던
사랑이 아직도 따뜻하다

하루 햇볕을 이고
식구들 기다리는 집 문턱 넘어서자
아랫목 담요 속 밥그릇

이제 꾹꾹 눌러
그득 담아 산기슭 고봉밥 된

어머니

아, 나도 언젠가는
자식의 고봉밥 되어 따뜻이 배불리다가
어머니 아버지 따라
또 하나 푸짐한 고봉밥 될 수 있을까

아버지체 글씨

농사꾼 아버지는 하루 일과를
치부책에 남겼다
땅거미 진 고샅길 돌아
삐틀삐틀 골목길 닮은 허허한 글씨
궤짝 가득 채워져 있다

낱장마다 땀냄새 절은 어눌한 글씨
꽃상여 떠날 때
아버지 글씨도 불티로 날았다

각을 세우고 싶었던
내 붓놀림 이십여 년
화선지를 물들인 분홍 모란꽃
벌 나비는 언제 오려나

눈앞에 일렁이는
글씨와 글씨 사이
부드러운 곡선을 나는
나비 벌 닮은
아버지 치부책 글씨

갈매기의 꿈

배를 불리기 위해 뱃전을 기웃거리진 않겠다
창공을 날기 위해
허리끈 졸라매고 가벼워지고 싶다

솔섬* 너럭바위를 떠날 날 꿈꾸며
날갯짓 쉬지 않는 내 잔뼈들

오늘도 그리 높이 날지는 못했구나
비행 각도와 바람 갈기를 헤아려보며
땀 젖은 날개를 접는 하루

해 그늘도
검푸른 바다에 서서히 묻히는구나
내일은 내일의 해가 뜰 것이다

어느 먼 날, 푸르른 하늘을 찢고
구만리 날아오르면
꿈의 먼 나라에 닿을 수 있을까

솔섬도 갈매기의 잠을 품고 몸을 뒤척인다

* 솔섬 : 전북 부안 해양수련원에 있는 바닷가 소나무 숲으로 된 섬

무심한 샛강

집 비우고 온 날
장계 관사에 불을 켠다

쏴~아
베란다 건너 샛강이 아는 체 한다
아무도 없는 빈방
고요가 찐득찐득 묻어난다

땅거미 진 들녘
그리움 솟구치는 물소리
더 맑아져서
실핏줄로 고향 냄새마저 스며든다

물을 차고 솟는
은빛으로 너울대는 물소리
내가 손잡았던 벗들
어느 물굽이에서 출렁이고 있을까

장계 관사 문을 열면

해질녘 샛강은
그리움으로 속삭인다

구르기

운동장에 긴 그림자 드리우면
우리는 숲 속 교실로 간다
검버섯 바위와 목이 긴 노송이
먼저 반겨준다

수업시간 아이들에게
유연한 몸놀림을 강조하며
무덤 옆에 매트 펴고 구르기 연습을 한다
한 세상 살아가기 위해서는
유연해야 된다며 시범 구르기를 한다
둥글게 몸을 말아 각을 죽이니
잘만 굴러간다

신입생들 구르기 연습을 한다
구르기가 뒤뚱거리자
산새들이 까르르 웃는다

척추가 닳아버린 것처럼
둥글게 굴러간 내 몸은

연체동물이 되어서 오늘은
아이들보다 내가 부끄러웠다

탁목조에 대한 생각

어둠이 숨 헐떡이며 산을 오른다
숲은 아직도 졸음을 털지 못했는지
새 새끼 종알거림이 산을 울린다
단풍나무 갈참나무 숲을 지나
거기 나무등걸 가슴팍
탁 타닥 닥 닥
피나게 찍어대는 탁목조 한 마리
꽁지털 빠진 모습으로
부리 망가지도록 쪼더니
눈길 마주치자 피식 날아간다
탁목조 날아간 그 자리
깊게 패인 상처투성이로
가슴팍 숯덩이가 된 어머니
저산 너머로 기울었다

금강산 여우

철조망 넘나들던
새가 부러웠다
천 마리 소 떼가
판문점 빗장을 열고 북에 갔을 땐
소가 부러웠다
흑백으로 남은 빛바랜 반백 년
눈물 찍어낸 소쩍새 울음만 깊어갔다
만나야 할 사람들 피해 육로를 돌아
사무침이 깊은 동해 포물선 멀리
죄짓듯 올랐던 금강산
산은 한때 비구름 몰아
온몸 빨갛게 새긴 문신을 숨기고
만나기를 거부하더니 꿈엔 듯
아, 꿈엔 듯 제 알몸을 드러내고 말았다
신의 실수는 아니었을까
원시림 숲 속 하얀 가슴 서러웠다
만물상 길 좁아들어
철사다리 기대어 하늘문 오르다 보니
천선대 밑 깎아 세운 절벽 아래

거기 금강산 여우
해진 옷고름 풀어헤치고
맨땅에 퍼질러 앉아
까만 젖 새끼에 물려주면서
깊은 숨 몰아쉬고 있었다

금강산 여우는 뿔도 꼬리도 없었다

시간뻐꾸기

길가에 버려진 뻐꾸기시계

하루 종일
뻐꾹뻐꾹 울다 멈춘 시계바늘
시간의 레일 위를 달리던 뻐꾸기
지쳐서 생을 멈추었을까

쉬지도 못한 채
등이 휘도록 땅만 팠던 아버지
생선 몇 마리 자전거에 매달고
저녁나절을 달렸을 아버지
뻐꾸기시계처럼 생을
내던진 날

뒷산 뻐꾹새도
뻐꾹뻐꾹 울었다

쌍골죽*

깎아지른 절벽에 허리 기대고
손발이 피투성이 된 두레박질로
한 방울의 수액 입술에 적셔
몸에 한 마디 매듭을 새긴다

어둠을 몸에 두른 채
침묵의 막장에서 세월을 캐는 광부처럼
비바람에 이리 비틀고 저리 꾀어져 멍든
꽃뱀 같은 무늬들

먹구름이 바람을 몰아
가슴을 후려칠 때 이미 구멍난 몸
숭숭 뚫린 온몸에
설픈 산조 한 가락씩 배었던걸까

천둥 치는 밤 파도가
뿌리마저 흔들고 지나가면
바위를 흔들며 나는 울리라

* 쌍골죽雙骨竹 : 양쪽 줄기에 홈이 깊이 팬 병든 대나무로 대금을 만드는
  재료

천자문

하늘천 따지 검을현 누를황……
서당에서 배웠던 천자문
가마솥에 누룽지 닥닥 긁어서
선생과 나눠 먹던 그 천자문

초롱초롱한 눈빛 앞에서
서리 내린 머리칼의 선생
하늘천 반복하니
따지 따지 하면서 외곬으로 고개 든다

하늘과 땅
항상 조응한다 해도
선생과 제자 사이
멀고 깊고 아득하기만 하다

보행승 步行僧

빈들 곡선을 그리는 개미
행렬이 불립문자 不立文字 네

삶은 둥근 지구에 발자국 찍는 일
길은 길로 이어져 끝이 없지만
한바탕 걸은 나의 길
둥근 거미집 한 채

바랑은 무거운데
삶은 왜 텅 빈 것일까
먼 발치 은빛 억새 손 흔드는데
쉴 만한 집 한 채 보이지 않네

발꿈치 물꽃 피도록 곡선을 그린
짭조름한 내 삶
하루 길이 끝날 때마다
또 다른 낯선 길이 내 앞에 있네

꽃 진 자리

벗꽃길이
터널처럼 열려있네
그 길 홀로 걷네

맑게 핀 꽃
새벽바람 흔들고 가니
뻐꾸기 개개비 새끼 밀어내듯
여린 잎이 꽃을 밀어 내네

파르르 떨더니
가지 끝에
꽃잎 지네

진 자리마다
열매 맺히는가 생각하니
내 한 목숨도
누군가 내어준 꽃자리임을 알았네

2부

수련, 소묘

학교 뒤 연못
여인 하나
물놀이 나왔는지
물 한 줄기 굽은 선 타고 미끄러지니
간지러운 듯
몸 움츠리네

졸음을 털어 낸 고양이
눈 맞추니 고개 돌리네

부끄러운 몸태
한줄기 향기 바람에 날리니
금붕어가 도망가네

큰 죄나 지은 듯

구들장 사랑

빈집 아궁이에 불을 지핍니다
투덕투덕 고요가 타들어갑니다

고향 지키다 늙어버린 소나무
소신공양燒身供養 해도
두꺼운 구들의 냉기는 여전합니다

몇 토막의 소나무를 더 끌어안고 나서야
구들은 뜨거운 사랑을 기억하며
뜨거운 제 등을 내어 놓습니다

나는 몸을 이리저리 틀며
달아오른 구들장을 애무합니다

얼었던 허리 녹이며
뼈 속까지 어루만져주는 온기
온몸으로 와 닿아
새벽에도 식을 줄 모르는 사랑이 되었습니다

세상의 임계온도臨界溫度에도 반응하지 않는
오래 된 구들장 같은
겨울밤 사랑이 그립습니다

소화 테레사 수녀님

예비교리시간
통기타로 찬송가 부르던 수녀님
자신을 죽임이 오늘의 순교라고
낮게 속삭이던 말씀
부처도 천당에 갔을 거라고
당황하게 했던 목이 긴 수녀님
불현듯 떠나갔을 때
근황을 묻지 않는 것이
신앙을 돕는 것이라 배웠기에
무심한 세월만 흘러
더 큰 우주로 다가갔을까 그 사랑
색色이 공空이 되었을까 그 진리
더듬더듬 들었다
찬란하게도 서러웠던 종신서원終身誓願 반지
바람 불 때마다 파르르 떨면서
앙상한 겨울 앞에 나목裸木으로 선 한 사람

어머니 초상

어머니는 그즈음
부처님 같으셨다

옷매무새 단정히 하고
저녁노을 끝자락 붙잡고 앉아
눈 감고
웃는 부처님

"쬐금만 더 들리면 좋겠어!"
귀 만지며 혼잣말 하지만

어머니 편안하시라고
바라만 보고 들리지 않게 했나보다

웃음 머금은 채
이마에 손 대고
"애비야, 이마 좀 펴라!"
가는 귀 먹은 어머니의 평안이
들리는 내 귓불을 붉게 한다

소생

갓 서른 살 때 신었던
소가죽 등산화
그것은 산으로 가는 배
나를 태우고
깊은 숲의 파도를 헤쳤다

점점이 포개진 지리산 피아골
그곳의 며느리밥풀 이야기도
인월 장날
순대국집 사람 냄새를
재근재근 되뇌기도 했다

버선 콧날처럼
각이 선 돛단배 등산화 소가죽이 터지고 뭉개져
숲 속에 납작 엎드렸을 땐
흰 실밥 풀린 옆구리에서
추억들이 쏟아져 나왔다

옆구리 터진 작은 소가죽 돛배

나는 그것을
남태평양 돌아 고향의 강물로 거슬러와
수만의 꿈을 산란하고
죽어가는 연어라고 생각했다

서릿발꽃

거울 앞에 서성이는
나를 쳐다보더니
아내는 질척질척 검은 반죽을 한다

젊었을 그 시절
무릎에 누워 불청객을 거두었지
이젠 흰 집초기 머리를 덮으니
아무도 모르라고 검은 도포를 씌워준다

아, 그렇게 머리마저 포장하며 살아가는구나
바람 든 무우처럼
덩덩 비어가는 몸뚱아리에
웃자란 서릿발꽃만 무성하다

새벽 단상

맑은 마음으로
새벽을 깨우는
정한수 한 사발

찬 공기 헤치고 맞이한
새벽이슬 향기롭다

눈부신 태양보다
새벽 별빛 그리워

정한수 한 사발
나를 일으켜
새벽을 깨운다

소

소가 되고 싶었다
그렇게 살고 싶었다

산비알 밭갈이는
등뼈 휘는 일이기도 하지만
엉겅퀴 잡풀 무성한 노지露地를 갈아
씨 뿌리는 일을

꼬리로 쫓고 도리질 해봐도
피 빨러 달려드는 쉬파리 떼는
나의 동반자러니

뜬 구름 푸른 하늘을 유영遊泳하고
벌판은 청보리 물결
강물에 흘려놓은 이야기들

지난 세월 반추해 보면
밭갈이 게으른 소였고
허공에 짐을 부리는 당나귀는 아니었을까

하 많은 강물이 흘렀다
그래도 갈아엎어야 할 전답이 있어
오늘도 멍에를 묶은 피대줄
팽팽하게 긴장하는 아침이다

세월이 가면

상처가 나면 진주가 될까

바다 깊은 곳 찢긴 조개살
진주를 잉태하듯

감춰야 할 상처도
세월이 가면 진수가 될까

숨겨야 할 비밀도
폭로되면 빨갛게 산화될까

마음 속 비밀
입 빗장에 굵은 못치고
세파에 찢긴 내 상처도 언젠가는 진주가 될까

거미집

오늘도 허공에
집을 짓는다

꽁무니로 빼내는 가는 실
얼기설기 엮어
하늘빛 담은 가난한 집

누구를 기다릴까
숭숭 뚫린 지붕 위
하늘이 파랗다

육신의 골액으로 빚은 끈적한 집에
육갑六甲 짚는
선비 하나 산다

진달래꽃 핀 길

어머니 처녀 모습
진달래꽃으로 피어올랐던
외갓집 나들이
황방산 길들이
아슴아슴 출렁거린다

달떡 한 짝 머리에 얹고
산모롱이 돌아가는 길섶
문둥이가 숨었을
검게 그을린 동굴 앞 지날 때
손 꼭 잡아주시던 어머니
진달래꽃 그리움으로 피었다

해마다 진달래꽃 피건만
황방산 옛길 따라가도
따뜻하게 안아주던 어머니가 없네

접동새 울음 속에 피고 지던
그 꽃 보고 싶어라

그 길 다시 걷고 싶어라

꿈속에 피어나는
어머니 살결 같던
진달래꽃 흔들림

백련축제

하얗게 물 위에 솟아난
그대 만나러 가는 날

이글대는 태양의 축제
무더기로 피어난 용맹정진

종신서원 서러워라
흰빛으로 감싼 앳된 수녀들

벙그는 백련 한 송이
그 자리에 있는 당신

오래된 나들이

얼마만일까
구 남매
필리핀 야자수 잎새 아래
조촐하게 만난 날

한솥밥 먹고 업히던
아들 딸 지천명과 고희 사이
생의 난간에 실족한 형제도
할미꽃 된 누나도 있다
순지리* 산모롱 눈물 훔치며
먼 길 맨발로 왔구나

나무 꽃 지천에 널린
히든벨리**에서
거친 손 맞잡고
'청춘을 돌려달라'는 노래 부르며
웃고 마시고 울었다

우리는 무엇을 애타게 찾는 것일까

마닐라 깊어가는 밤
계곡물처럼 속삭이던 슬픈 옛이야기

* 순지리 : 부모님 산소가 있는 성작산 밑에 위치한 작은 마을
** 히든벨리 : 필리핀에 있는 열대우림 골짜기

들국화

국화 몇 송이 보자고
여름 땡볕에서
줄기를 비틀고 땀깨나 흘렸다
됨직한 꽃봉오리만 남기고
꽃망울 무참히 따냈다
비릿한 화냥끼처럼
대국大菊 요염하게 피더니
한번 내린 된서리에
무릎 꿇었다

구석진 교정校庭 한 켠
눈길조차 주지 않았던 들국화
한-무-더-기-
새벽 서리 차더라고
겨울까진 갈 길 멀다고
서로 바람벽 되어
무서리 뒤집어쓰고
해맑게 꽃낯 비벼대고 있었다

다비 茶毘

검은 육신 둘러싸고
이승 마지막 축제인 양
둥근 보살 행렬이 보름달 만든다

참나무 불기둥 솟구치자
영혼의 눈을 떴는지 세상 환하다
누너기 빗이 던지고
불꽃 파편으로 벌이는 축제
저 파편들
영원으로 가는 불꽃 떨기

저승의 무우수 無憂樹 되어
영생 찾아 가는 놀이
까마귀 떼지어 날아가는 저 쪽
하늘이 붉게 물들어 곱다

가난한 천국

그런 곳은 어디일까

철 따라 옷 한 벌
때 따라 밥 한 그릇
두 손 받쳐 들고
한 목숨 다듬어 가는
그런 세상

만남의 늪에서
금은보화가 쇠사슬 되는
그런 세상 말고
가시밭 골짜기 저 너머
사방을 고요로 담 친

한 송이 꽃을 대하고도
눈과 코에 빚지지 않고
하늘 별빛으로 환한 세상
그런 행복

가난이 눈부신 천국 같은
그런 세상

3부

산설아, 보고 싶구나

　뻐꾹새 울고 간 뒷산에 들장미가 요염한 자태를 드러내고
있구나

　학교 뒷산 수줍게 돋아난 고사리 보면 가슴이 싸하다 큰
어머니와 같이 살던 넌 어른스런 학생이었지 친구한테 맞아
눈자위가 먹때깔로 부어올랐을 땐 넘어졌다고 둘러대기도
했지 친구들의 왕따 갑자기 사라졌고 죽고 싶다는 메모에
놀라 백방으로 찾았던 기억이 새롭구나 뒷산에 움츠리고 있
다 고개 숙이며 고사리 한 줌 내밀었지 우리 집은 고사리 많
아요 드세요 허둥대는 선생님 모습 뒷산에서 보면서 고사리
뜯었어요 걱정 마세요 해마다 고사리가 돋아날 때면 네 생
각 간절하다 손잡았을 때 따뜻했던 체온 산설아 새롭게 돋
아난 올 봄의 고사리 한 줌 되돌려 주마

　어디서 무엇을 하는지 정말 보고 싶구나

투우경기

베타스 원형 경기장
여섯 마리 소가 죽어갔다

투우사와 겨루는 소는
물레따*로 돌진하는 불나비
말 탄 삐까도르**가 긴 창을 꽂자
이리저리 날뛴다

반데리에로***가
쇠창을 급소에 꽂고 달아나자
꿰어진 창 등에서 빠지지 않고
날뛸 때마다 허공에 피를 뿌린다

일대일 정당한 싸움이 아니라고
괴성을 질러 인간들의 함성에 항변했으나
심판과 관객은 대꾸도 없다

조무래기 투우사들 떠난 뒤
화사한 복장의 마타도르****가 모자 벗어

인사를 하자 우레 같은 함성이 들린다
현기증으로 비틀거리던 소
긴 칼로 숨통을 끊자
성자처럼 몇 발짝 걷다가 쓰러진다

* 물레따 : 투우사가 흔드는 붉은 보자기
** 삐가도르 : 말을 타고 창으로 찌르는 투우사
*** 반데리에로 : 작살을 꽂는 투우사
**** 마타도르 : 마지막 숨을 끊는 투우사

염소만도 못한

지리산 끝자락
집 나간 염소 한 마리
편한 밥 먹느니
자유를 찾겠다고
떠난 지 여러 해

폭설 내린 겨울
산짐승들 마을로 내려올 때
그 염소도 절에 와서
스님이 주는 먹이로 허기를 달랬다
전생에서 얻은 스님의 아들이라고
사람들이 수군거렸지만

마을 삼거리에
소문 떠돈 뒤부턴
두 번 다시 염소를 볼 수 없었다

달리는 사람
         - 이봉주

그 날 마라톤에서 보았다

제 몸 햇볕에 육탈시켜
비상하는 새처럼
허리 졸라맨 가난이
왜 화려한지
달리는 사람이 왜 눈부신지
내리막길 보다
언덕길을 달릴 때
왜 눈물겹게 아름다운지

생의 고갯길 지나
서산으로 달리는 심장이
교향곡 하나 연주할 수 있다면
달리는 것은 달리는 것만으로
아름다운 것을

애기똥풀

아파트 출입문 입구
몰래 버린
아기 기저귀

서너 개 포개진 그것 위에
화가 난 듯 갈겨 쓴 글씨

"기저귀 버린 사람 애 키울 자격없음"

그 곁에 웃자란 애기똥풀 무더기
천진하게 웃고 있다
찬란하게 피어난 예쁜 꽃을
왜 똥풀이라 부르는지
애 키울 자격이 없는 엄마는 알기나 할까

젖 냄새 향긋한 아가 똥물
엄마를 찾고 있다

까마귀 울음

노트르담 성당
센강 미라보다리 기슭

까마귀 한 마리
강둑에 종종거리네

여기는 금발 여인이
노래하는 불란서

길게 누운 내 그림자 밟고
까-악, 까-아-악 소리쳐 울 때

그대는 긴 강물로 밀려와
나를 부르고

밥차

운동장 해를 이고
키득거리며 땀 흘리면
배도 쭈그러든다

오늘 식단은 무엇일까
궁금해 할 때
"야! 밥차 온다" 소리에
아이들 귀는 쫑긋 눈은 번쩍

언덕배기를 힘겹게
둥둥 떠서 올라온다

가출한 엄마가 그리운
가영이 마음
따뜻한 밥김을 밟고 오는 엄마의 모습
팔랑팔랑 아지랑이로 날개를 편다

밥차는 허적이며
온기를 골고루 나누고 있다

악어의 하품

　조련사들이 물 속에 잠겨 있는 악어를 쇼 무대에 올려놓는다 악어는 귀찮다는 듯 입을 쩍쩍 벌린다 관객은 지폐에 동전을 싸서 던진다 조련사는 쩍 벌어진 입에 지폐를 쳐넣는다 다시 악어 입에서 돈 빼는 조련사의 손이 악어새인 양 들락거리기를 여러 번 관객이 긴 숨을 참았을 때 조련사는 아예 머리까지 집어넣는다 악어의 입에서 간신히 머리를 빼내자 악어의 입이 '딱' 소리를 내며 닫힌다 이때 박수소리와 여기저기서 돈이 쏟아져 쇼가 끝난다 악어는 자신의 턱에 머리를 박는 인간이 어이가 없어 입을 다물 수 없었던 것인데 사람들만 모르고 있다

아비뇽의 털보화가

아비뇽 광장은
연일 축제의 거리다

기타치고 노래 부르며
판토마임으로 살아가는
노래와 술이 즐비한 거리
광상 가상사리 딜보
잃어간 마음을 챙겨주는 화가다

눈 코 닮은 나를 보고
으으으으흥 하면서
고객의 생기를 자아내게 하여
마음을 움직인 미소
화선지에 떠간다

초상화에는
보조개가 일고
입술은 사랑의 평행선으로 뻗는다

언제쯤 나도
생기 잃은 너에게
미친 듯, 으—아하하하 하면서
희망을 일구는
동반자 될까

욕지도

바다에 떠있는 거북은
목을 빼고 무얼 생각할까

뭍으로 떠난 자식을 그리듯
작은 섬들을 바라보고 있다

녹도鹿島라고 불렸던 그곳
사슴 쫓겨나 보이지 않고
비스듬한 산비알

긴 목을 뺀 거북이
깊은 사색에 잠겼다

침묵

응급실에 몸뚱이 하나
널부러져 있다

섬진강을 지키며
거무튀튀하게 늙어버린 친구

묵정밭처럼 무성한 수염
가뭄에 그을린 검은 피부
농촌을 떠나라고 친구들이 말하면

닭과 멍멍이에게
누가 밥 차려주느냐며
왕방울 눈으로 슬픔을 훔쳐냈다

손잡고 위로의 말을 건네고 싶었으나
한 마디도 나오지 않았다
보조침대를 축축하게 적신
침묵의 하소연
보따리 속에 던져져 있었다

우도

제주 동쪽 끝
통통튀는 바닷가에
소 한 마리 누워있다
굽은 쇠등
지두청사地頭靑莎* 능선 따라
쑥부쟁이 털머위 냄새따라
하늘은 멀기만 하다
해안에 눈길 보내면
서빈백사西濱白沙** 산호사 빛깔
푸르름 눈 부셔라
섬 속의 섬 우도에 가면
그리움으로 출렁이는
그대의 눈망울
파도와 함께 밀려오네

* 지두청사 : 우도에서 가장 높은 우도봉에서 바라보는 우도의 전경
** 서빈백사 : 우도의 서쪽 산호가 부서져 형성된 하얀 모래사장

보석

백두산 가는 길림성 비포장도로
젊은 부부 포도를 팔고 있다

좌판 위엔 먹구슬 같은 생이
치렁치렁 엉켜있다
몇 송이 포도 얹은 저울의 더듬이
힘겨운 듯 떨고 있다

당기고 미는 흥정을 보는
길섶 옥수수 붉은 수염이
나를 부끄럽게 한다

햇빛에 그슬린 앳된 조선족 부부
포도 한 봉지 팔고
마주보며 웃는다
흰 이빨이 햇살에 반짝인다

골목길 아이들

야자수 그늘 아래
중년의 몽뚱이가
벌거숭이로 부려져 있다

화려한 지프니* 달리는
거미줄 같은 마닐라 골목길
파인애플 가로수
높아만 보인다

아이 하나가
포장마차의 군것질거리
힐끗힐끗 훔쳐본다

브레이크 없는 지프니처럼
골목길을 몰려다니는 아이들
한국 관광객 지날 때마다
대한민국 짜잔짜 짠자 손뼉 치더니

어느새 코밑에 찰싹 달라붙어

불쑥 까만 손을 내민다

* 지프니 : 낡은 지프를 개조해 수공으로 만든 간이 승합차

월명암

신선이 인도하는
하늘 길

깎아지른 바윗돌 보니
산수화 부벽준斧劈皴* 화법
에서 비롯되었을까 싶었네

새 부리로 쫀 듯
점점이 이어진 산수화 혈맥
진묵대사 수행 표적 아닐런지

가파른 길 고즈넉하게 열어놓은
월명함 대웅전
은은한 풍경소리에 모습을 감추네

요사채 적요 먹고 핀 꽃무리
우단동자** 홀로 깨어있네

* 부벽준 : 동양화에서 산이나 바위의 입체감과 질감을 나타내기 위해
  사용한 기법
** 우단동자 : 잎이 보송보송한 석죽과의 여러해살이 풀

낙타인간

가파른 일천팔백고지
터벅터벅 올라가는 인간낙타
황산 바위 짊어진 듯 꾸부정한 상체
대나무 들대 놓인 어깨에
물혹을 만들고 다닌다

돌계단 오를 때마다
치근대는 무릎 통증
오르고 내리는 몸으로
시지포스를 흉내 내는 걸까

사막을 건너가는
목마름을 달래기 위해
돋아난 낙타의 쌍봉처럼
황산 짐꾼들 어깨에
육봉肉峰을 쌓았나보다

묵향

붓 쥐고 고개 떨군 정민이
쓰지 않고 명상을 한다
움직임도 대꾸도 없다

벼루 닦는 일이 큰 수양이라고
"벼루나 씻어라" 했더니
묵은 때를 쏙 뺐나
연적 물 따르자
정민이 얼굴이 보름달로 돋는다

뛰고 날고 하다가
다치기 쉬운 사춘기 마음
'벼루나 씻어라' 그 말이
정민이 마음을 가리는
구름이 되지는 않았을까
내 붓끝이 부끄럽게 떨린다

4부

둥지를 떠나며

십여 년 보금자리
떠나는 이삿날

이 둥지에서
새끼들 길렀으니
어찌 정들지 않았으랴

얼마나 지혜로운가, 철새는
물어 날랐던
둥지 버리고
떠나는 비움이

이별연습 1

내 가슴에 아내 눈물 뚝뚝 떨어지던 날
어린것들 눈망울 빈 하늘에 걸렸다
아내는 결혼 때 받은 패물 몇 점을
딸 결혼식에 쓸 요량으로
여동생에게 건네주며
삶을 정리하고 있었다
큰 죄 짓지 않고 살았는네
왜 이런 아픔이 있어야 하는지
먹구름이 몰고 다닌다고 생각했다

이별연습 2

아이 둘 낳았다
아직도 잘 모르는 아내 마음
아내가 나를 어찌 알겠는가
지식과 명예를 얻고
돈을 벌기 위하여
허둥대며 살아온 내 젊음이
얼마나 큰 상처였을까
진정 사랑해야 했던 것은
아내와의 순간의 호흡

이별연습 3

암 병동 하얀 시트는 얼음처럼 차갑다
긴 수술 끝나고 주사 꽂힐 때
듬성듬성 빠지는 아내 머리칼
우리의 미래가 무너지고 있다

둘째 아이 손잡고 간
초등학교 입학식상
엄마 손잡고 미소 짓는 아이들 보며
넋을 놓고 서 있었다

이별연습 4

살아야 한다
눈부신 이 세상 속에서
가발을 눌러쓰고
스러지는 생명줄 부여잡으며
아내는 숨을 고르고 있었다

민들레 씀바귀 질경이 녹즙을 빨던
아내의 입가에 풀향기가 돌았다
들풀의 향기에 맡겨버린
아내의 헐떡이는 몸부림

이별연습 5

가문 땅을 적시는 빗소리
싱그럽게 눈뜬 초목
눈물은 담금질로 생의 보석을 빚어낸다
얼마나 거룩한가 더불어 사는 세상이
목마름으로 피어나는
애타는 아내의 꽃심[花心]
끝 간 데 없구니
고통의 나락에서
퉁퉁 부은 아내 발 어루만지며
그 곁에 가서야 잠에 빠진다

마음에 피는 꽃

아파트 베란다 숲
난간에 걸려
아내 마음이 펄럭입니다

자식들 떠난 빈자리 지키고 있노라면
불면의 밤 흔들리고
꿈엔 듯 베란다 숲에 눈길이 젖습니다

"엄마, 걱정하지마 오늘은 공부 많이 하고
김치찌개도 맛있게 끓여 먹었어요"
"문단속 잘 해야 한다"

꽃들에게 눈을 줄 때면
아장아장 말이 걸어나옵니다
오늘은 난초가 꽃대를 올려 수繡를 놓고
하늘에서 별들이 쏟아져
어둠으로 눈부십니다

꿈속에 떨어진 아이들도 몸을 뒤척여
이 저녁 꽃대 하나 올리고 있습니다

불 먹은 새, 날다

동짓날 골방에서
피아노 소리에 마음을 싣는다

안단테에서 알레그로로
그 곡조 다듬이소리 되더니
달빛 따라 은하로 퍼진다

건반이 우수수 흔들릴 때
무지개 빛 춤이 흘러나온다

하, 그때 보았다
창틀을 벗어나
하늘로 날아오르는
불 먹은 새 떼들

성자들

바늘 하나 꽂을 땅이 없구나
한 생의 인연이
수평선 끝에 흔들릴 뿐

치매 병원 현판
'처처불상 사사불공^{處處佛像 事事佛供}'
저 글씨대로
노인들 다 부처요 하느님인데
붉고 짙어가는 단청의 향내는 무엇이며
높아가는 교회의 첨탑은 누구의 망루인가

눈빛으로 말을 거는 성자들
늙으면 말도 사치인지
침묵의 성자가 된다

빨리 집에 가자는
어머니 눈빛

세상은 팍팍하기만 한데
오월 장미는 넝쿨져 붉기만 하다

그 해 겨울

　　광화문에서는 농민 시위대가 쇠파이프 휘두르며 경찰트
럭 몇 대를 불질렀다 의경 아들이 방패에 몸을 숨기는 데모
현장을 보며 나는 치를 떨었다 정부에서는 집창촌을 없앴지
만 창녀들이 노조를 구성한다는 소리가 들렸다 연일 함박눈
호남평야에 쉼없이 내렸고 비닐하우스가 무너져 여기저기
한숨소리가 났다 사람들은 막걸리 골목거리를 휘청거리며
걸었다 줄기세포의 진위어부로 뉴스시간이 뜨겁게 달아올
랐다 폐교를 해야 한다는 지리산 산골학교 수업을 마치면
어둠과 같이 우울한 허기가 몰려왔다 몇몇 지인들과 막걸리
집을 전전하다가 파김치 되어 방바닥에 쓰러지면 아내는 헛
개나무를 달여 물병에 넣어주곤 했다 내내 눈자위가 충혈되
어 산 겨울이었다

고백

얼굴에 주름이 늘어붙듯
열쇠고리엔 열쇠가 늘어간다
아파트, 자동차, 사무실, 캐비넷 열쇠……

잡식성으로 몽땅 먹어치워
배가 아파 잠을 못 이룰망정
마음은 결코 열리지 않는다

감춰야 할 창고들 즐비한 세상
풀 한 포기 키워내지 못한다

내 주머니 속에서
볼록이 빠져나온 열쇠
오늘도 털어내 보자고
하나하나 만지작거리다 이내
허리에 차고 만다

고철 몇 개로 말하는 나의 고백

금화산 날개 춤

시집 온 샘골 새색시처럼
귀먹고 눈멀어 서럽더니
몸을 비벼내어 꽃대를 올리니
날렵한 몸매 눈부시네

날갯짓으로
밀어 올린 꽃대가
고요로 떨고
함초롬한 춤사위
할 말을 잃었네

생각이 잠깐 끊긴 사이
꿈속에서
나비 한 마리 날고 있네

에메랄드사원*

황금가사의 승려들
긴 머리 잘라
부처의 미투리 만들었나
까까중 머리 햇빛에 반짝인다

코끼리 귀 나풀나풀
수행의 날갯짓으로
강둑에 그림자 드리운다

황금 불탑 안
퍼렇게 멍든 옥빛부처
홀로 외로운데

경비선사는
뜬 마음 낮게 내려놓으라고
등 잡아끌며 자리에 앉힌다

에메랄드사원 그곳에는
불심의 꽃 찬란하여

사철 벌떼 꽃 내음에 윙윙거린다

* 에메랄드사원 : 태국 왕궁 옆에 위치한 화려한 왕실전용 사원

손수건

외출 할 때면
다림질 된 손수건에
아내는 향수를 뿌려준다

콧물 눈물 흘릴 때
향기로 감싸안은 나의 도반道伴

반백半白 생의 언저리에서
피와 땀과 눈물로 얼룩진
나 대신 야윈 너를 생각한다

내 삶의 그늘을
가려준 나의 도반道伴
작은 손수건

개나리꽃

장독대 옆
맛있게 피어 있는 꽃 한 무더기
울안이 금빛으로 익어서 환하다

햇병아리 솜털도 노랗게 물들어
햇살 콕콕 쪼아 쫑쫑쫑 물고가면
삽살개의 똥그란 눈이
저 꽃 다 지면 어쩌랴 걱정하네

봄 황사 심술 사나워지는 봄밤
깊이 가라앉았던
옛 생각이 노랗게 피어난다

쌀뜨물로 엄마 젖을 대신했던
애기똥물 같은
어린 누이 신행길 떠난 날
사립문 밖에서 어깨 들썩이며
훔쳐냈던 눈물을 닮은
봄밤의 개나리꽃

귀농

도시 모퉁이 빠져나와 소달구지 타고
마음은 고향으로 가네

동구 밖 망초 꽃 깔깔깔 웃어재끼고
엉겅퀴 잡풀 우거진 이름모를 꽃송이
새벽이슬 머금네

땅을 갈아엎으면 아버지 냄새 묻어나오고
이삭 거두면 시집간 누이 생각나고
자갈 걷어낸 어머니 가슴 속에
봉숭아 씨 하나 심어 보네

봇도랑 물 돌려서 갈증 채우니
넉넉한 마음 넓은 들처럼 한가로운데
종다리는 지난 세월만 쪼아 먹네

꺼벙이집

고층건물 옆
낡은 포장마차 꺼벙이집

추운 겨울 밤
고만고만 둘러앉아
조껍데기 술 마시며
세상을 안주 삼는나

잦은 잔질에
세상 부러울 것 없고
농익은 정은 술잔에
넘실거린다

술값 서로 꾸깃한 지전 내미니
세상도 때론 살만하구나
마음도 발효되면
풍요롭게 출렁일까

망종 뻐꾸기

자식들 대처로 보내고
등 굽은 소나무로
몇 뙈기 전답 지키는 김 노인
한참 땅심 받을 망종
휑 뚫린 저수지 바닥 보며
하늘 또 올려보고
타들어가는 어린것들
가슴이 숯덩이로 내려앉는다
뒤틀어지는 벼포기의 목마름에
휘청거리는 발걸음
매운 담배연기 속
어린 손주놈들 떠올릴 때
어디선가 청승스런 뻐꾸기소리만
마른 가슴 후비고 가는가

백두산 천지

백두산 할아버지는

자작나무 숲을 헤쳐

이천고지 산정에 올라

상투 끝에 감로수 한 동 이고

누군가 기다리고 있었네

'붓으로 마음을 세우'는 자기 구원의 시학

복 효 근(시인)

1

시인 전용직은 시단에서 널리 알려진 인물은 아니나 서예
계에서는 이미 그 위치를 확고히 하고 있는 서예가로 알려
져 있다. 그는 여러 차례의 서예전에 참여하고 굵직한 상도
수상한 적이 있으며 관련 저서를 펴낸 적도 있다. 그런 그
가 몸을 낮추고는 있지만 한 편으로 탄탄한 시세계를 구축
하고 있음을 아는 이는 안다. 워낙 잔잔한 말씨에 스스로를
드러내지 않는 성품이라 그의 깊이와 그가 이른 세계의 넓
이를 측정하기란 쉽지 않다.

그런 그가 이번에 첫 시집을 묶어내기로 했다. 제목을
"붓으로 마음을 세우다"라고 정했다. 이 한 문장 속에 그가
서예를 하고 있는 것과 시를 쓰고 있는 것이 무엇을 향해 있
는가를 짐작케 한다. 표제작인 「붓으로 마음을 세우다」에서
"붓을 꼿꼿이 들어/글씨를 썼다/마음을 세우라던 글씨공
부"라고 스스로 밝히고 있듯이 오로지 하나의 목표를 지향
하고 있는 바, 말 그대로 '마음을 세우는 일'이 바로 그것이
다. '마음을 세우는 일'은 자기정체성을 확립하는 작업이며
본래의 '참나'를 찾아내는 작업이고 질곡의 삶에서 자신을

구원하는 일이라 할 것이다.

　서예가로서 그가 쓰는 아호雅號가 '설우挈牛'이고 보면 그가 추구하는 것이 무엇인지 더욱 확연해진다. 그 뜻을 '소를 이끌다'로 풀이할 수 있다. 이 아호에서 참된 자아(마음)를 찾아가는 과정을 그림으로 나타낸 불교의 심우도尋牛圖를 떠올릴 수 있을 것이다. 소를 찾아, 소를 길들여, 이윽고 소를 잊고서도 평화로운 지경에까지 이르는 불교의 심우도 말이다. 자신의 예술이 추구하는 것이 곳 자신을 찾는 것이라는 것을 압축적으로 보여주는 것이다.

　이와 같은 자세는 그의 시에서도 그대로 관철되는 바, 시인으로서 전용직을 이해하고 그의 시세계를 파악하는 데 유효히다. 수많은 시편들이 자신의 정체성을 찾아가고 삶의 지향점을 세우는 데에 바쳐져 있음을 본다. 시서화詩書畵로서 인격을 도야하려 했던 전통적인 예술관에 닿아있음을 알 수 있다.

　　일어서려다 찌릇
　　허리가 아픔을 토한다
　　바빠만 가는 일상
　　일어서지 못하고
　　옆으로 살금살금 기어간다

　　몸을 떠받치던 기둥이
　　비틀거린다

요근 복근으로 덕 쌓으면
튼튼하고 아름다운
다보탑 석가탑 될까

척추가 서는 일은
석가탑 다보탑 닮아가는
일상을 곧게 세우는 것 아닐까
                        ─「추간판탑」전문

　끊어질 듯한 허리 통증을 겪으면서 그 고통의 체험을 시
로서 형상화한 작품이다. 척추에 무리가 가지 않도록 복근
과 요근을 강화하여 무너진 척추를 바로 세운다는 것인데,
시인은 이를 석가탑 다보탑을 세우는 일에 비유하고 있다.
자신의 몸을 똑바로 세우는 일이란 단순히 몸을 건강히 하
는 작업에 그치는 일이 아니라 보배로운 가치를 세우는 일,
나아가 종교적 신성을 회복하는 일임을 말하고자 하는 것이
아니겠는가? 그러나 그 보배로운 작업을 시인은 수다스럽
고 거창하게 말하지 않는다. "일상을 곧게 세우는 일"아니
겠는가 하고 겸손하고 조심스럽게 묻고 있다.

2

　자신의 정체성을 찾아가는 일에 필연적으로 따르는 일이
자아성찰이다. 많은 시편들이 자신을 냉철하게 돌아보는 내

용으로 이루어져 있음은 우연이 아니다.

　　얼굴에 주름이 늘어붙듯
　　열쇠 고리엔 열쇠가 늘어간다
　　아파트, 자동차, 사무실, 캐비넷 열쇠……

　　잡식성으로 몽땅 먹어치워
　　배가 아파 잠을 못 이룰망정
　　마음은 결코 열리지 않는다

　　감춰야 할 창고들 즐비한 세상
　　풀 한 포기 키워내지 못한다

　　내 주머니 속에서
　　볼록이 빠져나온 열쇠
　　오늘도 털어내 보자고
　　하나하나 만지작거리다 이내,
　　허리에 차고 만다

　　고철 몇 개로 말하는 나의 고백
　　　　　　　　－「고백」 전문

　열쇠가 늘어나는 일이 마치 주름살이 늘어붙듯하다고 표현하는 시인은 집열쇠, 차열쇠, 사무실, 캐비넷 열쇠가 늘어나는 일이 결코 자랑이 아니라고 말하고 있다. 자본주의

사회에서 부의 축적이 무슨 흉일까만 시인은 단호히 흉이고 허물이라고 말한다. 더 많은 공간을 소유하고 그 공간에 더 많은 재화를 쌓으려 하는 동안 우리는 본질(마음)에서 멀어지게 된다. 가진 만큼 감추어야 할 비밀은 늘어나고 그만큼 집착과 욕망에 사로잡혀 물질의 포로가 되고 마는 이치를 말한 것이리라. 그러기 때문에 부의 상징일 수도 있는 열쇠는 고철이 된다. 마음을 열기보다는 그로 인해 마음이 더 닫혀버리는 것이라면 고철이 아니고 무엇이랴. 풀 한 포기 키워내지 못하는 과도한 욕망의 불모성을 말하고자 한 것이다.

그러나 시인은 그러한 욕망을 선승禪僧처럼 훌훌 털어내버리지 못함을 고백한다. 그 욕망을 털어내보자고 열쇠를 내던져버릴까 생각도 해보지만 다시 허리에 차고 만다. 만약 '열쇠를 내던져버렸거나, 내던져야 한다'고 말했다면 이것은 시가 되지 않는다. 그 열쇠를 다시 허리춤에 참으로서 이 시는 비로소 진정성을 얻는다. 달관해버리거나 계몽하거나 선동하지 않고 자신을 끝까지 들여다보며 자신에게 남아 있는 속물적 근성과 소시민적 고뇌까지를 잔잔하게 드러내는 것이다. 통렬한 자기 통찰이 아닐 수 없다.

이러한 자아성찰을 통한 자기부정이 부정에서 멈추지 않는다. 뼈아픈 자기부정과 동시에 그 부정의 힘으로 자신의 삶을 긍정하고 가족을 사랑하고 풀 한 포기 나무 한 그루에게 애정을 품는 것을 많은 시편에서 볼 수 있다. 벚꽃길을 걸으며 잎사귀가 꽃을 밀어내고 꽃 진 자리에 또 열매 맺는 것을 보면서 "진 자리마다/열매 맺히는가 생각하니/내 한 목숨도/누군가 내어준 꽃자리임을 알겠네"(「꽃 진 자리」)하고 시인은 말한다. 내 한 목숨이 나 하나로 그치지 않고 나라는 한 생명이 부모님의 소중한 사랑의 결실임을 생각하고 있는 것이다. 아름답고 소중한 꽃이 지고 열매가 맺는 이치와 같다. 그리고 언젠가 내가 꽃잎이 되어 지고 난 자리에 자식이라는 소중한 생명이 자리할 것이다. 자신에 대한, 생명에 대한 무한한 긍정을 엿볼 수 있다.

> 가문 땅을 적시는 빗소리
> 싱그럽게 눈뜬 초목
> 눈물은 담금질로 생이 보석을 빚어낸다
> 얼마나 거룩한가 더불어 사는 세상이
> 목마름으로 피어나는
> 애타는 아내의 꽃심花心
> 끝 간 데 없구나
> 고통의 나락에서
> 퉁퉁 부은 아내의 발 어루만지며
> 그 곁에 가서야 잠에 빠진다
> ―「이별연습 5」 전문

　한때 시인의 아내는 암이라는 무서운 병과 싸운 적이 있다. 시인은 아내와 함께 병마를 극복해내면서 그 눈물겨운 고통의 나락 속에서 오히려 삶과 생명과 세상에 대한 '눈뜸'을 체험한다. 불면의 밤 고통을 함께 나눌 수밖에 없는 시인은 뜨거운 눈물을 쏟아냈을 것이다. "가문 땅 적시는 빗소리"에 "싱그럽게 눈뜬 초목"처럼 시인이 쏟아낸 눈물은 "생의 보석을 빚어낸다" 그 보석이란 다름 아닌 사랑이다. 고통을 함께 나눌 수 있는 것만으로 행복하고 더불어 살아가는 것이 거룩한 일임을 시인은 깨닫는다. 그게 사랑 아니고 무엇이랴.

이번 시집의 곳곳에서 가족과 그가 가르치는 제자와 이웃에 대한 사랑을 노래하고 있다. 특히 아버지와 어머니에 대한 사랑을 애틋하게 노래한 부분에서는 가슴이 뭉클해짐을 어쩔 수 없다. 그의 가족과 이웃에 대한 사랑의 근원이 어디인가를 짐작케 하는 부분이다. 자신과 자신을 둘러싼 세계에 대한 긍정과 사랑은 자아성찰과 함께 '마음 세우기'의 주요한 축을 이루고 있다.

3

이제 시인의 '마음 세우기'의 정체를 살필 차례이다. 이는 시인이 그의 삶과 그의 삶의 기록인 시를 통하여 무엇을 지향하고 있는가에 대한 물음이다. 이 물음에 답하기 위하여 시 한 편을 보자.

> 깎아지른 절벽에 허리 기대고
> 손발이 피투성이 된 두레박질로
> 한 방울의 수액 입술에 적셔
> 몸에 한 마디 매듭을 새긴다

어둠을 몸에 두른 채
침묵의 막장에서 세월을 캐는 광부처럼
비바람에 이리 비틀고 저리 꾀어져 멍든
꽃뱀 같은 무늬들

먹구름이 바람을 몰아
가슴을 후려칠 때 이미 구멍난 몸
숭숭 뚫린 온몸에
설픈 산조 한 가락씩 배었던걸까

천둥 치는 밤 파도가
뿌리마저 흔들고 지나가면
바위를 흔들며 나는 울리라
　　　　　　　　　－「쌍골죽」 전문

　시인이 주註를 달아놓았듯이 쌍골죽은 "몸 양쪽에 골이
패인 살이 두터운 희귀한 대나무로 대금 제작용"으로 쓰인
다. 쌍골죽이 기대고 사는 곳은 "깎아지른 절벽"이다. 열악
하고 절망적인 상황이다. 그 속에서 살아가려는 대나무는
"손발이 피투성이 된 두레박질로/한 방울의 수액 입술에 적
셔/몸에 한 마디 매듭을 새긴다는 쌍골죽의 한 마디가 어떻
게 생기는가에 대한 다소 과장된 표현이다. "어둠을 몸에
두른 채/침묵의 막장에서 세월을 캐는 광부처럼/비바람에
이리 비틀고 저리 꾀어져 멍든/꽃뱀 같은 무늬들"을 대나무

는 새긴다. 미당의 「화사」를 연상시키는 이 대목은 인간의 원죄를 떠올리게 한다. 이 원죄를 벗고 거듭나야 하는 것이 구원이듯이 쌍골대는 대금으로 그 삶을 구원받는다. 그러나 올바른 재목이 되기 위해 혹은 온전한 인격체로 완성되기 위해, 무구無垢한 영혼으로 거듭나기 위해 삶은 얼마나 많은 고통과 담금질을 요구하는가? 이 고통은 자기완성에 대한, 혹은 구원에 대한 갈망과 갈증의 다른 표현이다. 그러나 그 것이 아무렇게나 주어지지는 않는다. '먹구름'과 '바람'과 '천둥치는 밤 파도가' 쌍골죽의 뿌리까지를 흔들고 지나가 야 대금에서 산조 한 가락이 비로소 흘러나올 수 있는 것이 다. 그 가락은 '울음'이다. 바위를 흔드는 대금의 울음. 깨달 음과 환희의 울음.

이쯤에서 시인이 꿈꾸는 "마음 세우기"의 정체를 정리할 수 있을 것이다. 그것은 다름 아닌 자기완성, 자기 구원에 대한 몸부림으로 요약할 수 있다. 앞서 살핀 내용을 한 눈 에 확인할 수 있는 다음 시편을 함께 읽어보자.

배를 불리기 위해 뱃전을 기웃거리진 않겠다
창공을 날기 위해
허리끈 졸라매고 가벼워지고 싶다

솔섬 너럭바위를 떠날 날 꿈꾸며
날갯짓 쉬지 않는 내 잔뼈들

오늘도 그리 높이 날지는 못했구나
비행 각도와 바람 갈기를 헤아려보며
땀 젖은 날개를 접는 하루

해 그늘도
검푸른 바다에 서서히 묻히는구나
내일은 내일의 해가 뜰 것이다

어느 먼 날, 푸르른 하늘을 찢고
구만리 날아오르면
꿈의 먼 나라에 닿을 수 있을까

솔섬도 갈매기의 잠을 품고 몸을 뒤척인다
-「갈매기의 꿈」 전문

리처드 바크의 『갈매기의 꿈』을 그대로 시로 노래한 듯한 이 시편은 제목 또한 똑 같다. 안일하게 현실에 안주하지 않고, 더구나 여기에 적당히 타협하지 않고 끊임없이 자신의 지평을 넓혀가는 갈매기 조나단 리빙스턴. 여기에 세속적 욕망에 휘둘리지 아니하고 부에 대한 갈망과 물욕에 얽매이지 않으며 가벼운 영혼으로 "어느 먼 날, 푸르른 하늘을 찢고/구만 리 날아오르면/꿈의 먼 나라에 닿을 수 있을까"하고 자기구원(마음 세우기)을 꿈꾸는 시인의 모습이 겹쳐진다.

4

시는 언어예술의 하나로 정의된다. '언어'에 방점을 놓아 언어의 1차적 기능에 충실할 때 사실을 기초로 한 기록성이 강조되고 '예술'에 방점이 놓일 때 시는 기록성보다는 미적 허구성이 강조된다. "시를 쓴다."라는 표현과 "시를 짓는 다."라는 표현을 구분 짓는 경우를 우리는 볼 수 있는데 삶에서 체험한 가치로운 일들을 크게 가공하지 않고 그것을 시적으로 형상화하는 일은 전자의 경우이겠고, 머릿속에서 상상을 통하여 작위적으로 지어낸 경우는 후자의 경우가 되겠다. 쏟아지는 요즈음의 시들을 보면 '예술'이라는 점이 크게 강조되면서 일상의 삶과 유리된 '머리로 지어낸' 작품들이 너무도 많다. 그 나름의 가치가 있겠지만 많은 부분 한갓 언어유희거나 상상력의 시험장 같다는 인상을 지우기가 어려운 경우가 많다. 삶의 진정성을 담보하지 않은 시편들은 공허한 느낌을 줄 수 있다는 점에서 그다지 바람직하지는 않다고 본다. 그러나 전용직의 시편들은 가슴으로 살아낸 스스로의 삶에 대한 기록이다.

체험을 바탕으로 하지 않고 머리로 지어낸 시가 많지 않다. 이는 필연적으로 과작寡作의 결과를 낳게 될 가능성이 많다. 오랜 시작 활동 기간이 있었음에도 지천명을 다 넘길 무렵에야 첫 시집을 묶어내는 일도 이와 무관하지 않을 것이다. 일상적 삶에서 유의미한 부분을 포착하여 시로 형상화 하는 일은 닭이 알 낳듯 할 수 없을 뿐더러 시인이 쓰면 모두가 시라는 얼치기 시인의 오만함을 그는 가지지 못했기 때문이다. 그러기 때문에 한편으로 전용직의 시는 예술로서의 심미적 장치에 대해 의도적으로 간과하고 있음을 살필 수 있다. 시적 기교나 현란한 수사를 애써 피해가고 있다. 심각한 은유나 상징 또한 찾아보기 어렵다. 시편들이 난해하지 않으며 심상이 복합적이지 않고 비교적 단순하다. 이러한 점들은 독자와의 소통의 폭을 크게 하여 그의 삶에 대한 진정성을 곧바로 전달하고 있으며 담백한 성품과 그가 추구하는 지향점을 가식 없이 드러낸다는 점에서 장점으로 보인다.

이러한 장점이 두 번째, 세 번째 시집으로 이어지면서 더욱 울림이 크고 깊은 진정한 언어예술로 완성 되어가기를 죽원한다.